terra de santa cruz

Adélia Prado

terra de santa cruz

3ª edição

EDITORA RECORD
RIO DE JANEIRO • SÃO PAULO
2025

CIP-BRASIL. CATALOGAÇÃO NA PUBLICAÇÃO
SINDICATO NACIONAL DOS EDITORES DE LIVROS, RJ

P915t Prado, Adélia, 1935-
3. ed. Terra de Santa Cruz / Adélia Prado. - 3. ed. - Rio de Janeiro : Record, 2025.

ISBN 978-85-01-92277-9

1. Poesia brasileira. I. Título.

24-94363 CDD: 869.3
CDU: 82-1(81)

Meri Gleice Rodrigues de Souza - Bibliotecária - CRB-7/6439

Revisão: Jorge Emil

Texto revisado segundo o Acordo Ortográfico da Língua Portuguesa de 1990.

EDITORA RECORD LTDA.
Rua Argentina, 171 – Rio de Janeiro, RJ – 20921-380 – Tel.: (21) 2585-2000.

Impresso no Brasil

ISBN 978-85-01-92277-9

SUMÁRIO

TERRITÓRIO

Território

... Os tristes e alegres sofrimentos da gente...

João Guimarães Rosa

A BOCA

Se olho atentamente a erva no pedregulho
uma voz me admoesta: mulher! mulher!
como se me dissesse: Moisés! Moisés!
Tenho missão tão grave sobre os ombros
e quero só vadiar.
Um nome para mim seria A BOCA
OU A SARÇA ARDENTE E A MULHER CONFUSA
ou ainda e melhor A BOBA GRAVE.
Gosto tanto de feijão com arroz!
Meu pai e minha mãe que se privaram
da metade do prato para me engordar
sofreram menos que eu.
Pecaram exatos pecados,
voz nenhuma os perseguiu.
Quantos sacos de arroz já consumi?
Ó Deus, cujo Reino é um festim,
a mesa dissoluta me seduz,
tem piedade de mim.

TROTTOIR

Minhas fantasias eróticas, sei agora,
eram fantasias de céu.
Eu pensava que sexo era a noite inteira
e só de manhãzinha os corpos despediam-se.
Para mim veio muito tarde
a revelação de que não somos anjos.
O rei tem uma paixão — dizem à boca pequena —,
regozijo-me imaginando sua voz,
sua mão desvencilhando da fronte a pesada coroa:
'Vem cá, há muito tempo não vejo uns olhos castanhos,
tenho estado em guerras...'
O rei desataviado,
com seu sexo eriçável mas contido,
pertinaz como eu em produzir com voz,
mão e olhos quase extáticos um vinho,
um sumo roxo, acre, meio doce,
embriaguez de um passeio entre as estrelas.
À voz apaixonada mais inclino os ouvidos,
aos pulsares, buracos negros no peito,
rápidos desmaios,
onde esta coisa pagã aparece luminescente:
com ervas de folhas redondinhas
um negro faz comida à beira do precipício.

À beira do sono, à beira do que não explico
brilha uma luz. E de afoita esperança
o salto do meu sapato no meio-fio
bate que bate.

O ESPÍRITO DAS LÍNGUAS

A propósito de músicos, ginastas, coreógrafos
digo na minha língua:
PUXA VIDA! VAI SER ARTISTA ASSIM NO INFERNO!
É português como se fora russo.
Descuidada de que me entendam ou não,
falo as palavras,
para mim também e primeiro,
incompreensíveis.
As artes falam humanês,
também as caras dos homens
escrevem o mesmo código.
O que é PUXA VIDA
VAI SER ARTISTA ASSIM NO INFERNO?
Só expressam as línguas nas clareiras
que o choque de uma palavra abre na outra.
Na Bulgária, certamente traduz-se PUXA VIDA
por: BERIMBAU! FILIGRANAS DE RENDA!
Compreender o que se fala
é esbarrar na sem caráter,
inominável, corisca poesia.

CACOS PARA UM VITRAL

Existe mesmo o Japão?
E um país que não conheço, com seu litoral deserto?
Entre as coxas é público. Público e óbvio.
Quero é teu coração, o fundo dos teus dois olhos
que só faltam falar.
Mira-me *en español* pra ver se não estalo os dedos
e saio dançando em vermelho.
Fechei os olhos no sol, vi a forma-prima
por um segundo só e esqueci.
Como existiram os santos, Deus existe
e com um poder de sedução indizível.
Quem fez o ouro foi Ele, quem deu tino ao homem
pra inventar o cordão que se põe no pescoço.
Dito assim é tão puro, quase não vejo culpa
em comprar um pra mim.
Tenho os mesmos desejos de trinta anos atrás,
imutáveis como os mosquitos na cozinha ensolarada,
minha mãe fazendo café
e meu pai sentado, esperando.

A FACE DE DEUS É VESPAS

Queremos ser felizes.
Felizes como os flagelados da cheia,
que perderam tudo
e dizem-se uns aos outros nos alojamentos:
'Graças a Deus, podia ser pior!'
Ó Deus, podemos gemer sem culpa?
Desde toda a vida a tristeza me acena,
o pecado contra Vosso Espírito
que é espírito de alegria e coragem.
Acho bela a vida e choro
porque a vida é triste,
incruenta paixão servida de seringas,
comprimidos minúsculos e dietas.
Eu não sei quem sou.
Sem me sentir banida experimento degredo.
Mas não recuso os marimbondos armando suas caixas
porque são alegres como posso ser,
são dádivas,
mistérios cuja resposta agora é só uma luz,
a pacífica luz das coisas instintivas.

MÓBILES

Que belo poema se poderia escrever.
Coisas espicaçadoras não faltam,
hortigranjeiros esperando transporte
e tudo que é necessário:
tenho que fazer o almoço.
Ou supostamente ético:
batia gente na porta,
Tialzi no corador virava as calcinhas todas
de modo a esconder o fundo.
Uma laranjeira rebrota,
preciosa árvore do mato dá espinhos,
folhinhas miúdas, flores cujas pétalas
são fios agrupados em contas de odorífero ouro.
Elas explicam o mundo como os pintinhos explicam,
perfeitos até as unhas, emplumados, vivos,
invencível delicadeza
que homem algum já fez com sua mão.
Surpreendido de noite com a mão nos ouvidos,
o moço dizia: não durmo, é a música do bar,
este galo seu que canta fora de hora.
Mentira. É por causa da vida que não dorme,
da zoeira sem fim que a vida faz.
Quer casar e não pode,

seu emprego é mau,
seu pâncreas, ingrato e preguiçoso.
Eu me casei e tenho a mesma medida de aflição.
O dia passa, a noite, saio da sombra e digo:
é só isso que eu quero,
ficar no sol até enrugar o couro.
Mas vai-se o sol também atrás do morro,
a noite vem e passa sobre mim
que longe de espelhos alimento sonhos
quanto a viagens, glórias,
homens raros me ofertando colares, palavras
que se podem comer, de tão doces,
de tão aquecidas, corporificadas.
A parreira verga de flores,
eu durmo inebriada,
achando pouca a beleza do mundo,
ansiando a que não passa nem murcha
nem fica alta, nem longe,
nem foge de encontrar meu duro olhar de gula.
A beleza imóvel,
a cara de Deus que vai matar minha fome.

AMOR

A formosura do teu rosto obriga-me
e não ouso em tua presença
ou à tua simples lembrança
recusar-me ao esmero de permanecer contemplável.
Quisera olhar fixamente a tua cara,
como fazem comigo soldados e choferes de ônibus.
Mas não tenho coragem,
olho só tua mão,
a unha polida olho, olho, olho e é quanto basta
pra alimentar fogo, mel e veneno deste amor incansável
que tudo rói e banha e torna apetecível:
caieiras, desembocaduras de esgotos,
ideia de morte, gripe, vestido, sapatos,
aquela tarde de sábado,
esta que morre agora antes da mesa pacífica:
ovos cozidos, tomates,
fome dos ângulos duros de tua cara de estátua.
Recolho tamancos, flauta, molho de flores, resinas,
rispidez de teu lábio que suporto com dor
e mais retábulos, faca, tudo serve e é estilete,
lâmina encostada em teu peito. Fala.
Fala sem orgulho ou medo
que à força de pensar em mim sonhou comigo

e passou um dia esquisito,
o coração em sobressaltos à campainha da porta,
disposto à benignidade, ao ridículo, à doçura. Fala.
Nem é preciso que amor seja a palavra.
'Penso em você' — me diz e estancarei os féretros,
tão grande é minha paixão.

O AMOR NO ÉTER

Há dentro de mim uma paisagem
entre meio-dia e duas horas da tarde.
Aves pernaltas, os bicos mergulhados na água,
entram e não neste lugar de memória,
uma lagoa rasa com caniços na margem.
Habito nele, quando os desejos do corpo,
a metafísica, exclamam:
como és bonito!
Quero escavar-te até encontrar
onde segregas tanto sentimento.
Pensas em mim, teu meio-riso secreto
atravessa mar e montanha,
me sobressalta em arrepios,
o amor sobre o natural.
O corpo é leve como a alma,
os minerais voam como borboletas.
Tudo deste lugar
entre meio-dia e duas horas da tarde.

CASAMENTO

Há mulheres que dizem:
Meu marido, se quiser pescar, pesque,
mas que limpe os peixes.
Eu não. A qualquer hora da noite me levanto,
ajudo a escamar, abrir, retalhar e salgar.
É tão bom, só a gente sozinhos na cozinha,
de vez em quando os cotovelos se esbarram,
ele fala coisas como 'este foi difícil',
'prateou no ar dando rabanadas'
e faz o gesto com a mão.
O silêncio de quando nos vimos a primeira vez
atravessa a cozinha como um rio profundo.
Por fim, os peixes na travessa,
vamos dormir.
Coisas prateadas espocam:
somos noivo e noiva.

TANTA SAUDADE

No coração do irrefletido mau gosto
a alegria palpita.
Montes de borboletas entram janela adentro
provocando coceiras, risos, provocando beijos.
Como nós nos amamos e seremos felizes!
Ah! Minha saia xadrez com minha blusa de listras...
Faço um grande sucesso na janela
fingindo que olho o tempo, ornada de tanajuras.
Papai tomou banho hoje,
quer vestir sua camisa azul de anil,
fio sintético transparente, um bolsinho só.
Quem me dera um só dia
dos que vivi chorando em minha vida
quando éreis vivos, ó meu pai e minha mãe.

A MENINA E A FRUTA

Um dia, apanhando goiabas com a menina,
ela abaixou o galho e disse pro ar
— inconsciente de que me ensinava —
'goiaba é uma fruta abençoada'.
Seu movimento e rosto iluminados
agitaram no ar poeira e Espírito:
o Reino é dentro de nós,
Deus nos habita.
Não há como escapar à fome da alegria!

LEMBRANÇA DE MAIO

Meu coração bate desamparado
onde minhas pernas se juntam.
É tão bom existir!
Seivas, vergônteas, virgens,
tépidos músculos
que sob as roupas rebelam-se.
No topo do altar ornado
com flores de papel e cetim
aspiro, vertigem de altura e gozo,
a poeira nas rosas, o afrodisíaco,
incensado ar de velas.
Santa sobre os abismos,
à voz do padre abrasada
eu nada objeto,
lírica e poderosa.

LAPINHA

Quando éramos pobres e eu menina
era assim o Natal em nossa casa:
quatro semanas antes
a palavra ADVENTO sitiava-nos,
domingo após domingo.
Comeríamos melhor naquele dia,
seríamos pouco usuais:
vinho, doces, paciência.
Porque o MENINO estremecia no feno
e nos compadecíamos de Deus até as lágrimas.
Olhando a manjedoura, o que eu sentia
— sem arrimo de palavras —
era o que sinto ainda:
'O desejo de esbeltez será concretizado.'
À luz que não tolera excessos,
o musgo, a areia, a palha cintilavam,
a pedra. Eu cintilava.

OS TIRANOS

Joaquim meu tio foi imperturbável ditador.
Só uma de minhas primas se atreveu a casar-se.
As outras ficaram pra lhe honrar a memória
com azedumes e pequenos delírios.
Produzem crochê e hilaridade contando-se anedotas,
virtude e paciência que desperdiçam
por equivocado orgulho, irado catolicismo.
Em bordados e haveres gastam a amargura recíproca:
o galinheiro é de Alvina,
o canteiro é de Rosa,
o guaraná é de Marta
na geladeira de Aurora.
Não pisaram na igreja no casamento da irmã.
Tia Zilá dá sinais de cansaço,
breve estará na Glória.
Não tendo a quem mais servir,
as primas vão brigar empunhando
rosários, agulhas, maçanetas.
Mas, se baterem à porta, servirão biscoitos
e a anedota do rato equilibrista, que solicito sempre:
'Um dia papai estava dormindo no quartinho da sala,
acordou com um barulhinho tin-tin, tin-tin-tão...'

Me comovem as primas, os tios emoldurados na parede,
os ratos na batalha campal daquela casa
caçando pra roer os restos
do que, apesar de tudo, foi amor.

UNS OUTROS NOMES DE POESIA

Queria uma cidade abandonada
para achar coisas nas casas, objetos de ferro,
um quadro interessantíssimo na parede,
esquecidos na pressa.
Mas, sem guerra aparente e com a vida tão cara,
quem deixa para trás uma agulha sequer?
Eu acho coisas é no meu sonho,
no rico porão do sonho,
coisas que não terei.
Toda a vida resisti a Platão, a seus ombros largos,
à sua república aleijada, donde exilou os poetas.
Contudo, erros de tradução são ordinários,
eu não sei grego,
eu não comi com ele um saco de sal.
Por isso o que ele disse e o que eu digo
é carne dada às feras,
menos o que sonhamos.
Ninguém mente no sonho,
onde tudo está nu e nós desarmados.
O mito que ele escreveu — quem sabe a contragosto? —
é tal qual o que digo:
na garganta do morto tem um buraco tão grande
como o Vale de Josafá onde seremos julgados.

Não há no mundo poder que nos conteste
quando o discurso é sobre luz e sombra,
crina e focinho orvalhados.
Contra isso as hostes se enfurecem
e os legistas escondem por escusos motivos
a fotografia do suposto suicida.
Ah, mas o amor em que não creem
continua impassível gerando sentenças justas,
gerando bênçãos, amantes,
apesar do morto e seu pescoço arruinado.

O ALFABETO NO PARQUE

Eu sei escrever.
Escrevo cartas, bilhetes, lista de compras,
composição escolar narrando o belo passeio
à fazenda de vovó que nunca existiu
porque ela era pobre como Jó.
Mas escrevo também coisas inexplicáveis:
quero ser feliz, isto é amarelo.
E não consigo, isto é dor.
Vai-te de mim, tristeza, sino gago,
pessoas dizendo entre soluços:
'Não aguento mais.'
Moro num lugar chamado globo terrestre
onde se chora mais
que o volume das águas denominadas mar,
para onde levam os rios outro tanto de lágrimas.
Aqui se passa fome. Aqui se odeia.
Aqui se é feliz, no meio de invenções miraculosas.
Imagine que uma dita roda-gigante
propicia passeios e vertigens entre
luzes, música, namorados em êxtase.
Como é bom! De um lado os rapazes,
do outro as moças, eu louca pra casar
e dormir com meu marido no quartinho

de uma casa antiga com soalho de tábua.
Não há como não pensar na morte,
entre tantas delícias, querer ser eterno.
Sou alegre e sou triste, meio a meio.
Levas tudo a peito, diz minha mãe,
dá uma volta, distrai-te, vai ao cinema.
A mãe não sabe, cinema é como dizia o avô:
'Cinema é gente passando.
Viu uma vez, viu todas.'
Com perdão da palavra, quero cair na vida.
Quero ficar no parque, a voz do cantor açucarando a tarde...
Assim escrevo: tarde. Não a palavra.
A coisa.

LIMITES

Uma noite me dei conta de que possuía uma história,
contínua, desde o meu nascimento indesligável de mim.
E de que era monótona com sua fieira de lábios, narizes,
modos de voz e gesto repetindo-se.
Até os dons, um certo comum apelo ao religioso
que tudo pesava. E desejei ser outro.
Minha mãe não tinha letras.
Meu pai frequentou um ginásio por três dias
de proveitoso retiro espiritual.
Tive um mundo grandíssimo a explorar:
'Demagogia, o que é mesmo que essa palavra é?'
Abismos de maravilha oferecidos em sermões triunfantes:
'*Tota pulchra est Maria!*'
Só quadros religiosos nas paredes.
Só um lugar aonde ir
— e já existiam Nova Iorque, Roma!
Tanta coisa eu julguei inventar,
minha vida e paixão,
minha própria morte,
esta tristeza endócrina resolvida a jaculatórias pungentes,
observações sobre o tempo. Aprendi a suspirar.
A poesia é tão triste! O que é bonito enche os olhos de lágrimas.
Tenho tanta saudade dos meus mortos!

Estou tão feliz! À beira do ridículo
arde meu peito em brasas de paixão.
Vinte anos de menos, só seria mais jovem.
Nunca, mais amorável.
Já desejei ser outro.
Não desejo mais não.

A CARPIDEIRA

Que destino o das flores
que recobriram a morta em seu caixão.
Mais difícil entender que o miriágono!
A marreca se deita sobre os ovos,
puxa para o ninho as folhas secas, cumpre-se.
Enquanto eu tenho medo.
Mesmo assim não desejo senão ficar olhando
os remetentes mistérios.
São tão maus os congressos, as escolas,
tão cheios de café velho e açúcar
que o pensamento divaga:
são elementares Deus e sua obra,
        é macho e fêmea
        sete cores
        três reinos
um mandamento só: amai-vos.
Tinha tanto medo de casar com moço
que não fosse da Rede Ferroviária,
queria trastes de ferro
pra nunca mais se acabarem.
Pensava assim:
se a cama for de ferro e as panelas,
o resto Deus provê:

é nuvem, sonho, lembranças.
Ainda mais que não ia morrer, e ainda não vou,
porque sou doida e escapo como as boninas.
Em todo enterro choro com um olho só.
Com o outro rego a tira de terra
onde suspiros, saudades e perpétuas
hão de nascer e suportar insetos,
ciclo após ciclo de sol, de chuva,
calor de velas, frio de esquecimento.
Porque a vida é de ferro
e não se acaba nunca.

BRANCO

É no sonho que voltam para dar testemunho,
insistentes e fustigados,
batidos de halo e nimbo, uma legenda só: pungência pura.
O que sempre falam as palavras não dizem.
Sustidos no alto clima de claridade e pedras,
sol sobre tufos verdes e areia, vento desencadeado,
os fixos olhos dos que viram Deus avisam.
Misericordiosos e imóveis.

LEGENDA COM A PALAVRA MAPA

Tebas, Madian, Monte Hor,
esfingéticos nomes.
Idumeia, Efraim, Gilead,
histórias que dispensam meu concurso.
Os mapas me descansam,
mais em seus desertos que em seus mares,
onde não mergulho porque mesmo nos mapas são profundos,
voraginosos, indomesticáveis.
Como pode o homem conceber o mapa?
Aqui rios, aqui montanhas, cordilheiras, golfos,
aqui florestas, tão assustadoras quanto os mares.
As legendas dos mapas são tão belas
que dispensam as viagens. Você está louca, dizem-me,
um mapa é um mapa. Não estou, respondo.
O mapa é a certeza de que existe O LUGAR,
o mapa guarda sangue e tesouros.
Deus nos fala no mapa com sua voz geógrafa.

O LUGAR DA NECRÓPOLE

Há quem tendo cantado e batido os dentes no copo
já morreu.
Há quem tendo falado suas dores secretas
está hoje selado sob lápides,
excrescendo sobre mim o seu fantasma
de pessoa verdadeira, rebelada,
de pessoa poética.
Na juventude me comprazia o fúnebre,
as faces lívidas dos poetas doentes.
Hoje, só preciso da vida pra morrer.
Nas metrópoles,
o campo-santo acaba confundido,
rodeado de bares.
E por causa disso iludem-se as pessoas
de ter nas mãos a indomesticável.
O cemitério quer ladeira e montes
para os quais se olha ao entardecer:
um dia estarei lá,
          lá longe,
no incontestável lugar.

A FILHA DA ANTIGA LEI

Deus não me dá sossego. É meu aguilhão.
Morde meu calcanhar como serpente,
faz-se verbo, carne, caco de vidro,
pedra contra a qual sangra minha cabeça.
Eu não tenho descanso neste amor.
Eu não posso dormir sob a luz do seu olho que me fixa.
Quero de novo o ventre de minha mãe,
sua mão espalmada contra o umbigo estufado,
me escondendo de Deus.

O ANTICRISTO RONDA MEU CORAÇÃO

Por que a mãe de Stella tem os nervos em pânico?
Por que não consigo cultivar folhagens?
Por que tão arduamente vivo
se meu desejo único é ser feliz?
O alarido dos que enchem a praça exibindo feridas
rói o bordado do meu casamento,
tarefa que executei como meus pais e meus avós longínquos.
Que vasta infelicidade no planeta!
Tão vasta que cortei os cabelos,
eu que os desejo longos, mesmo brancos.
E os pobres? Onde estão os pobres, os diletos de Deus?
A antilírica quer me matar, me comer, me cagar,
nesta tarde de pó e desgosto.

MULHER QUERENDO SER BOA

Me toldam horas de cinza
rachadas de imprecação.
Ó Deus, não me humilhe mais
com esta coceira no púbis.
Responde-me sobre os mortos,
se mamam,
nesta lua visível em pleno dia,
do seu leite de sonho.

CANGA

Tudo soa elegíaco.
Conspira contra a alegria nativa da minha alma
a lembrança de que existem leprosos
e um deles saudou o papa
com braços sem mão e dedos.
Não fui chamada ao palácio.
Sabiamente execrou-se:
ela frequenta o vaso sanitário,
aquela mulher confusa.
Tenho dois cestos de cartas com primorosos encômios:
'...Teu coração bate como as asas de um pássaro em pleno
[voo.'
De que me vale esta ovação postal
que não pode entender meus suores noturnos
e tomará esta queixa, certamente,
como puro despeito?
Meu coração bate como as asas de uma galinha de ferro.
Escrever me subjuga e não entendo,
tal qual comer, defecar,
molhar-me de urina e lágrimas.
Ó anelo de comunhão estrangulado,
mistério que me abate e me corrói.
Minha alma canta em delícias.
Meu corpo sofre e dói.

O AMENO FATO TERRÍVEL

O que mais me lembra o Juízo
é um jardim ao meio-dia,
um jardim de rosas.
Cheirava-as como — descobri depois —
se cheiram os homens,
odoroso mistério.
Um jardim caipira, o da minha casa,
estrelas do norte, cravinas, uma flor rosada
que desabrochava em pencas e até hoje só vi
nos canteiros dos pobres.
E rosas, rosas, rosas, o modo de minha mãe virar rainha:
'Para mim a rosa é a primeira das flores.'
Quando Deus vier,
quem nunca se permitiu a consolação das flores
será tomado de uma ânsia de vômito;
porque o sinal será um perfume de rosas,
um perfume intensíssimo,
um odor tal que transtornará o tempo
e atrairá os demônios exsudando ira.
O que mais me lembra o Juízo
é um jardim ao meio-dia,
um jardim de rosas.

A FACA NO PEITO

Que região é aquela, de areia e mar
— arco-íris góticos —
tão próxima do céu, sendo ela mesma inferno?
Estavam lá meu pai, minha mãe, já mortos.
Um se queixava e sofria,
outro chorava, consolando-me.
Minha irmã, a pedrada e ódios,
matara nossa irmã de criação.
Uma coisa horrorosa aconteceu,
disse à minha filha moça.
Belas mulheres mergulhavam de uma ilha rochosa
furada de cavernas.
Outras masturbavam-se
ouvindo um rapaz charmoso discursar.
Todos se lembravam: de algum lugar
o vento trouxera mesmo um cheiro de cadáver.
Mas quem ousaria supor o acontecido?
O vento do mar dobrava uns postes com fios,
gabirobeiras em flor, como noivas,
eram pura alegria,
luz aquecida contra o sonho cru.
Eu dormira com o peito perfurado de culpa
porque negara aos padres a boa fala de sempre.

Apodara-os viciosos, egoístas, aproveitadores do povo.
No sonho, um deles quis dar sua bênção, inconseguiu,
ninguém se ajoelhou, ocupado em frivolidades.
Quem sou eu?
A morta, a assassina, o prevaricador mentiroso?
Só sei que eram ameaçadoras
claridades, bênçãos, cavernas.
Meu coração suporta grandes pesos.
Nem em sonhos repousa.

À SOLEIRA

O que farei com este meu corpo inóspito
já que não respondes nem me abres a porta?
Tem pena de mim.
Não compreendo nada. Só Vos desejo
e meu desejo é como se eu miasse por Vós.
A florinha do mentrasto é tão sem galas
que minha carne se eriça, erotizada.
Existis, ó Deus, porque a beleza existe,
esta que vi primeiro com meus olhos mortais.
Parecerá blasfemo. Mas não chamam sagrado
o livro em que Jó fez imprimir suas dores,
amaldiçoando o dia do seu nascimento?
Por que não o meu, que o abençoo
e acho o degredo bom,
os penedos belos,
as poucas flores, dádivas?

Catequese

Tomei o livrinho da mão do anjo e o devorei:
na boca era doce como o mel; quando o engoli,
porém, meu estômago se tornou amargo.

Apocalipse 10.10

FESTA DO CORPO DE DEUS

Como um tumor maduro
a poesia pulsa dolorosa,
anunciando a paixão:
"O crux ave, spes unica
Hoc passionis tempore".
Jesus tem um par de nádegas!
Mais que Javé na montanha
esta revelação me prostra.
Ó mistério, mistério,
suspenso no madeiro
o corpo humano de Deus.
É próprio do sexo o ar
que nos faunos velhos surpreendo,
em crianças supostamente pervertidas
e a que chamam dissoluto.
Nisto consiste o crime,
em fotografar uma mulher gozando
e dizer: eis a face do pecado.
Por séculos e séculos
os demônios porfiaram
em nos cegar com este embuste.
E teu corpo na cruz, suspenso.

E teu corpo na cruz, sem panos:
olha para mim.
Eu te adoro, ó salvador meu
que apaixonadamente me revelas
a inocência da carne.
Expondo-te como um fruto
nesta árvore de execração
o que dizes é amor,
amor do corpo, amor.

SIGNOS

Se esvai de mim o nojo dos mortos.
Já consigo comer
na tarde que sucede aos enterros.
Não sei o que representa em mim esta coragem nova,
este sensível amor aos enfermeiros,
este ouvido sem ira para as tosses
e o que contêm os vasos sob camas e nádegas.
A veste nupcial tem graça como as mortalhas,
as invenções humanas comoventes.
Um rito para o himeneu,
outro pra alçar o corpo e sepultá-lo.
Os casamentos são tristes porque externam
à vista de testemunhas
a mais funda ânsia de perenidade,
os noivos sempre nus.
Os enterros são meio alegres,
todos olham no morto o irredutível
que só ele contempla sem ameaças.
Tudo é uma coisa só. Sombra do que será.
O que difere é Deus.

Se não fosse a esperança de que me aguardas com a mesa
[posta
o que seria de mim eu não sei.
Sem o Teu Nome
a claridade do mundo não me hospeda,
é crua luz crestante sobre ais.
Eu necessito por detrás do sol
do calor que não se põe e tem gerado meus sonhos,
na mais fechada noite, fulgurantes lâmpadas.
Porque acima e abaixo e ao redor do que existe permaneces,
eu repouso meu rosto nesta areia
contemplando as formigas, envelhecendo em paz
como envelhece o que é de amoroso dono.
O mar é tão pequenino diante do que eu choraria
se não fosses meu Pai.
Ó Deus, ainda assim não é sem temor que Te amo,
nem sem medo.

O SERVO

E os pobres?
Até os ensandecidos quererão saber.
E se ninguém perguntar as pedras gritarão:
e os pobres? E os pobres?
Os negrinhos adolescentes
apanham do patrão em Montes Claros
e não ganham comida,
só más ordens e insultos.
Está escrito: "O zelo de Tua casa me devorará."
Por quem zelo eu?
Ao fim por sensações nas quais descubro sempre:
existe um bem, existe. E tudo é bom,
é boa a paixão, a morte é boa, sim.
Achei engraçado quando o poeta tropeçou na pedra,
eu tropeço na lei de jugo suave: "Amai-vos."
O que sei de ressurreição começa aqui,
em ruas que os homens fizeram e nelas passam
carregando sacolas, bolsinhas presas no cinto
onde guardam seus óculos.
Eu fico horas no sol. As comidas dos homens são poéticas,
tiradas dos três reinos da criação
e matam em mim duas formas de fome. Sou o mais pobre.

Com incompreensível alegria, como um fardo,
carrego a consciência de um dom
que põe negrinhos e pessoas pálidas
ornados e cintilantes.
Poesia sois Vós, ó Deus.
Eu busco Vos servir.

A PORTA ESTREITA

Deus, tem compaixão desta cidade
e de mim que andei em suas ruas
secretamente dizendo-me:
sou o poeta deste povo.
Que cansaço é viver!
Um mosquito cantor rodeia minha cabeça:
decide-te à santidade.
Me desgostam turistas.
Só existe um lugar, a picada do sofrimento,
e ela é perfeita.
Não me doo mais por quem nunca viu o mar.
Minha mãe perdoou meu pai,
meu pai perdoou a mim:
estes oceanos, sim.

NOITE FELIZ

Dói tanto que se pudesse diria:
me fere de lepra.
Mas que importa a Deus o monte de carne podre?
Tende piedade de mim, Vós, cujo filho duas vezes gritou,
apesar de ser Deus. Me dá um sonho.
É como se meu pai não me amasse
e não tivesse dado a vida por mim.
Só belos versos, não.
Uma linha depois da outra,
tão finamente escritas,
com tão primoroso fecho
— e o que sinto é cansaço.
Basta a beleza própria
da estocada das coisas no meu peito.
Comer, sonhar, talvez morrer, quem sabe?
A morte existe, ô pai?
Sei que na Polônia católica
ninguém escreveu com estas mesmas palavras
na carrocinha de doces:
'Para todos e sua família desejo um feliz Natal.'
No Brasil, sim, na minha rua,
usando uma língua pobre e uma caneta de cor,
alguém sentiu o inefável.

Não se perderá o fermento, ó comadre.
Bebem? Não pagam as contas?
— Vamos fazer um teatro.
Tem a máscara do boi, do burro,
as vestes de José e Maria,
tem a roupa do homem que negou hospedagem
mas que veio depois, depois da estrela,
dos anjos, depois dos pobres pastores, e mais recebeu.
Porque não merecia.
Sou miserável.
Um monte de palha seca
é a obra de minhas mãos.
Tem piedade de mim,
desce, orvalho do céu,
desce sobre nós,
restabelece o fio das conversas saudáveis.
Traze a fresca manhã.

O CORPO HUMANO

Quem me socorre é Deus e toda a corte celeste
com seus anjos e santos.
Uma sensação que tive esfumou-se, ia causar espanto,
tão insolitamente poética afigurava-se.
Tudo é por causa da morte, a mágica,
a forma provençal *el corazón*,
a mão desobturando o peito de seus ossos
e pinçando o que em mim é pura dor,
          coração.
Ninguém entenderá bem o que digo
e é bom que seja assim pra que os poemas não desapareçam
e se façam necessários como o ar.
A danação seduz,
chegam a favos de mel os seus apelos.
Desminto quem disser: ah, os quintais de Minas, tão pacíficos!
porque neles sofri coisas que, com o auxílio de Deus,
nunca direi.
Livra-me, Senhor, da memória do pecado em meu espírito.
Lava-me com o hissopo e ficarei mais pura do que a neve.
Embora ainda não seja santa de levitar
achei no escuro a bolsa de água quente,
pode dormir confortado o meu doente querido.
Pra quando o mundo acabar, espero a vida feliz,

o corpo desta esperança, rosa pra sempre orvalhada.
Me dá alegria, Pai, eu só quero a alegria,
os olhos do moço em mim.
Me cansarei, redonda, casável,
capitulada entre massas e molhos,
sentirei fome e prazer,
ficarei velha e feliz
"porque meu auxílio está no nome do Senhor
que fez o céu e a terra".

O FALSETE

As autoridades têm olheiras
e estudada voz para os comunicados:
garantiremos a melhor solução entre as partes.
Quais partes? as pudendas?
Destas Deus já cuidou recobrindo de pelos.
Meu filho era bonzinho.
Nunca ia suicidar conforme disse o polícia.
Pus a mão na cabeça dele, estava toda quebrada,
mataram de pancada o meu filhinho.
As testemunhas sumiram,
perderam os dentes, a língua,
perderam a memória.
Eu perdi o menino.
"...Ele acolhia as turbas, falando-lhes do Reino,
e aos necessitados de cura devolvia a saúde."
Palavras duras só para os mentirosos, os legistas
que atrelavam aos outros pesados fardos
que eles mesmos nem sequer tocavam...
Ó grito grande que eu queria gritar,
silvo que me esvaísse.
Certos tons, aves domésticas,
casa amarela com portão e flores me excitam,
mas não posso gozar. Tenho que pregar o Reino.

Quero um sítio, uma chacarazinha de nada,
o cristianismo não deixa,
o marxismo não deixa.
Ó grito grande, na frente dos palácios
episcopais e não:
O POVO UNIDO
JAMAIS SERÁ VENCIDO!
Minha piscina não é de lazer, disse o papa.
Não pretendo ser profeta, disse o bispo.
Que grosso cordão, que balde cheio,
que feixe grosso de coisas más.
Que vida incoerente a minha vida,
que areia suja.
Sou uma velha com quem Deus brinca.
De parelha com iras e vergonhas
meu apetite segue imperturbável,
carnes gordas, farinhas,
prelibo os legumes como a encontros carnais
e tenho medo da morte
e penso nela diuturnamente
como se eu fosse respeitável, séria,
comedida e frugal dama-filósofa.
Se alguém me acompanhar fundo um partido.
Derrubarei o governo, o papado,
dizimarei as casas paroquiais
e fundarei meu sonho:
num cerrado, inúmeros

desciam os frades com seus capuzes,
como aves marrons, pacificamente, procuravam um lugar.
Eu os acompanhei até que viram uma casa grande.
Tinha um grande fogão, uma grande mesa,
e todos foram entrando e acomodavam-se,
espalhando-se pela casa
como verdadeiros irmãos.

TERRA DE SANTA CRUZ

Nas minhas bodas de ouro, esganada como os netos,
vou comer os doces.
Não terei a serenidade dos retratos
de mulheres que pouco falaram ou comeram.
Porque o frade se matou
no pequeno bosque fora do seu convento.
De outras vezes já disse: não haverá consolo. E houve:
música, poema, passeatas.
O amor tem ritmos que não são de tristeza:
forma de ondas, ímpeto, água corrente.
E agora? Que digo ao homem, ao trem, ao menino que me espera,
à jabuticabeira em flores, temporã?
Contemplar o impossível enlouquece.
Sou uma tênia no epigastro de Deus:
E agora? E agora? E agora?
Onde estavam o guardião, o ecônomo, o porteiro,
a fraternidade onde estava quando saíste,
ó desgraçado moço da minha pátria,
ao encontro desta árvore?
Meu inimigo sou eu. Os torturadores todos enlouquecem
[ao fim,
comem excrementos, odeiam seus próprios gestos
[obscenos,

os regimes iníquos apodrecem.
Quando andavas em círculos, a alma dividida,
o que fazia, santa e pecadora, a nossa Mãe Igreja?
Promovia tômbolas, é certo, benzia edifícios novos,
mas também te gerava, quem ousará negar, a ti
e a outros santos que deixam as bíblias marcadas:
"Na verdade carregamos em nós mesmos nossa sentença
[de morte."
"Amai vossos inimigos."
O que disse: "Quem crer viverá para sempre", este também
balouçou do madeiro como fruto de escárnio.
Nada, nada que é humano é grandioso.
Me interrompe da porta a mocinha boçal. Quer mudas de
[trepadeira.
Meus cabelos levantam-se. Como um torturador eu piso
[e arranco
a muda, os olhos, as entranhas da intrusa
e não sendo melhor que Jó choro meus desatinos.
Sempre há quem pergunte a Judas qual a melhor árvore:
os loucos lúcidos, os santos loucos,
aqueles a quem mais foi dado, os quase sublimes.
Minha maior grandeza é perguntar: haverá consolo?
Num dedal cabem minha fé, minha vida e meu medo
[maior que é viajar de ônibus.
A tentação me tenta e eu fico quase alegre.
É bom pedir socorro ao Senhor Deus dos Exércitos,
ao nosso Deus que é uma galinha grande.

Nos põe debaixo da asa e nos esquenta.
Antes, nos deixa desvalidos na chuva,
pra que aprendamos a ter confiança n'Ele
e não em nós.

MISERERE

Eu desenhava no papel de seda uma flor de cinco pétalas
quando me ocorreu a vingança contra os donos do mundo.
Tentando versos com que vos narrar minha trama,
adormeci sentada, o queixo desabado no peito.
Coitada, diríeis, é aquela que vimos esbravejar no seminário?
Cismei que adoecia e procurei o médico.
Ele não foi perspicaz.
Auscultou, profissional, minhas cavidades
e prescreveu ginástica, redução de calorias, vida calma.
Doía tudo. Aqui dói, doutor, aqui também.
É certo que o senhor nunca deglutiu pedras,
mas, afianço-lhe, mesmo a água que bebo
é indigesta coisa sólida no meu bucho.
Ele precaveu-se, intimidado pela minha fluência,
pelo manuseio intimorato que dispenso às palavras.
Dependendo da atividade intelectual,
da sensibilidade de cada um,
tais sintomas ocorrem, minha senhora.
E mostrou as garras, defensivo,
mais uns grãos de enfado.
Eu não estava doente. E estava muito.
O medo de morrer, habitualmente grande,
trinta vezes aumentado.

Comecei a rezar no registro dos náufragos:
Perdoa-me, Senhor. Lembra-Te de que és meu Pai.
Como gostaria de nascer de novo
e começar tudo generosamente.
Olha pelos filhos que deixarei,
por meu marido que talvez não se case mais.
Onde achará, neste lugar pequeno, outra mulher que lhe ofereça
tantos motivos pra mortificar-se?
Passeava na casa, amargando a saudade prévia dos seus cantos.
Doía tudo, até que,
até que nada, não dói mais.
Recolhi-me ao corriqueiro estatuto
de comer, dormir, lavar-me,
recuperado o saudável desejo de que se fodam bem
determinadas pessoas em suas empresas.
Continuo passando a língua no molar obturado,
desgostosa, porque se não sou eu a cuidar da cozinha,
uma lata de óleo é a conta de dois dias.
Confesso-vos: quando comecei a escrever
o que eu queria era fazer um teatro.
Fostes salvos do sacrifício de uma opinião
por este grito que me interrompeu:
acode aqui, dona Wíllia, o seu cachorro deu convulução!
Judith entrou de noite no acampamento inimigo
e decapitou Holofernes.
Pergunto-vos, sem que nos ouçam os fracos e os ímpios:
poderia eu também?

Não durmo porque nada se exaure, requerendo atenção,
matança, oferta de comida, futuros de paz, empregos;
e eu tenho um corpo talhado para prazeres só e guerra.
Posso? Comer? Dormir? Gostar de homens?
Louvar-Vos — em perfeita alegria — neste tempo
[cinzento e pegajoso?
Não é possível conseguir a atenção de uma cidade inteira
— há misteres inadiáveis nos banheiros,
nas casas com menino pequeno —
nem silêncio. Há os aparelhos eletrônicos e as línguas
[compridas.
Mas duzentas pessoas numa sala,
com olhos fixos na cena,
verão que a vida é doida, doida,
que o ser humano até hoje está sem calças,
que Deus é bom e duro.
Que Jesus Cristo quando ri alucina as pessoas
e atrai a todos quando diz: AMAI-VOS.
Eu estou apaixonada.
Ó meu Deus, me ajuda a escrever um drama.

QUERIDO IRMÃO

Como é possível, disse meu irmão,
nem um amigo levantou sua voz em meu favor.
Não sei para onde ir, sinto um desterro.
Vamos a nosso pai, pedi.
Queixemos a nossa mãe o que nos fazem.
Já morreram, ele disse, como nos ouvirão?
Nosso pai, falei, após enterros, desastres,
após extrair os dentes, sentava e comia.
Escuta a mãe cantando:

o Averno ruge, enfurecido,
altar e trono quer destruídos...

Temos poderes para evocar um campo,
dilatar ao infinito a curta vida, em mil e uma noites de
[lembranças:

se nos proteges, ó mãe potente,
contra a inimiga, cruel serpente...

Um dia disseste: não vou no açougue não. E te enfurnaste.
Nosso pai disse: vai porque vai, seu estudantezinho.
E foste. Porque nosso pai bramia em seu brutal amor.

Tens de nossa mãe poucas lembranças,
mas eu te digo, foi corajosa e triste. Seríamos fundadores.

de mil soldados não teme a espada...

cantava ela, como ordem e predição.
Somos órfãos e não.
Teu terninho marrom foi dona Zica quem fez,
dona Zica Peru
que foi ser freira, lá longe...
Teu primeiro retrato tem um olho zarolho.
Magnificat! Magnificat!
Os olhos de nossa mãe resplandeciam:
tiraste dez na escola? *Introibo ad altare Dei,*
qual é a resposta?
Ajoelha e jura que nunca mais farás isto.
Agora come. Para de chorar e come, ordenava nosso pai,
as bravatas católicas concitantes.
Tan-ta-ra-ran ta-ra-ran tan-tan,
como em festa de igreja, em procissão de enterro,
a banda atrás de tudo,
a grande dor musicada, o grito agarrado em Deus,
na orla do manto da Virgem.
Uma fé humilde e engraçada, uma fé verdadeira.
Somos órfãos?
Pois sim, pois não. A medida da vida é o sofrimento.

Alegra-te, meu irmão. Que belo destino o nosso,
semear em lágrimas o chão.
Numa bandeja de prata, foi-se a cabeça de João.
Que a nossa role também,
que os anjos digam amém
e restemos nus.
No vento, na chuva, na casa destelhada,
na cova aberta na terra onde estão nossos pais
esperando a corneta,
esperando a banda, a trombeta, esperando os filhos
pra pôr na fila com eles
e entrar com eles no céu.

Sagração

...Vem! Vou mostrar-te a noiva...

Apocalipse 21.9

SAGRAÇÃO

Na casa de meus pais, minha mãe cozinhava,
eu tomava conta de menino pequeno.
Inquieta, porque o moço aguardava-me.
O neném está molhado, dizia-lhe,
vou lhe trocar as fraldas.
Fui para o quarto, minha mãe me passando olhos,
eu experimentando vestidos pra chegar na porta
e conversar com o moço sussurrando-me:
quero comer suas pernas, sua barriga, seus peitos,
quero tocar você.
E deveras tocava-me com o fundo da alma dele
reluzindo nos olhos:
Você trocou o neném?
Você é tão esquisita!
Para de falar em amigos e me escuta.
Comecei a chorar de prazer e vergonha.
Olhando meus pés descalços ele riu.
As vibrações da carne entoam hinos,
também às que se vira o rosto como a fornicações:
flatulência (disse num meu ouvido),
bocejos (disse no outro),
pulsações de prazer.
— Estive ataviada o tempo todo...

— E é tão simples e nu, continuou,
uma mulher fornida em sua cama
pode louvar a Deus,
sendo apenas fornida e prazerosa.
— Os pobres já sabem...
— Sim, quando escrevem nos muros
OS MENDIGOS SAÚDA-VOS Ó DEUS.
Parecia um anjo falando as sabedorias...
Hélios, chamei-lhe, também luminescente,
o corpo representa o espírito.
— Aprendes rapidamente, louvado seja Nosso Senhor
[Jesus Cristo!
entoou com os abismos de sua alma cristã
e me atraiu para sempre.
Quem é o papa, perguntei-lhe, ansiosa por sacramentos.
— É nosso pai abençoando-nos.
E me chamou vaca, como se dissesse flor, santa,
prostituta feliz.

Obras da autora

POESIA

Lapinha de Jesus, presépio de Frei Tiago Kamps, O. F. M., texto da autora e Lázaro Barreto, fotos de Gui Tarcísio Mazzoni. Petrópolis: Vozes, 1969.
Bagagem. Rio de Janeiro: Imago, 1976; Rio de Janeiro: Record, 2002; Lisboa: Cotovia, 2002.
O coração disparado. Rio de Janeiro: Nova Fronteira, 1978.
Terra de Santa Cruz. Rio de Janeiro: Nova Fronteira, 1981.
O pelicano. Rio de Janeiro: Guanabara, 1987.
A faca no peito. Rio de Janeiro: Rocco, 1988.
Poesia reunida. São Paulo: Siciliano, 1991.
Oráculos de maio. São Paulo: Siciliano, 1999.
A duração do dia. Rio de Janeiro: Record, 2010.
Miserere. Rio de Janeiro: Record, 2013.

PROSA

Solte os cachorros. Rio de Janeiro: Nova Fronteira, 1979.
Cacos para um vitral. Rio de Janeiro: Nova Fronteira, 1980.
Os componentes da banda. Rio de Janeiro: Nova Fronteira, 1984.
O homem da mão seca. São Paulo: Siciliano, 1994.
Manuscritos de Felipa. São Paulo: Siciliano, 1999.
Prosa reunida. São Paulo: Siciliano, 1999.
Filandras. Rio de Janeiro: Record, 2001.
Quero minha mãe. Rio de Janeiro: Record, 2005.
Quando eu era pequena. Rio de Janeiro: Record, 2006. (Infantil)
Carmela vai à escola. Rio de Janeiro: Record, 2011. (Infantil)

ANTOLOGIAS

Mulheres & mulheres. Organização de Rachel Jardim. Rio de Janeiro: Nova Fronteira, 1978.

Palavra de mulher: poesia feminina brasileira contemporânea. Organização de Maria de Lourdes Hortas. Rio de Janeiro: Editora Fontana, 1979.

Contos mineiros. São Paulo: Ática, 1984.

Antologia da poesia brasileira. Seleção de Antônio Carlos Secchin. Tradução de Zhao Deming. Pequim: Editora Embaixada do Brasil em Pequim/Departamento Nacional do Livro/Fundação Biblioteca Nacional, 1994.

Poesie. Tradução de Goffredo Feretto. Gênova: Fratelli Frilli Editori, 2005. (Antologia em italiano, precedida de estudo do tradutor)

La poésie du Brésil du XVIe au XXe siècle. Organização de Max Carvalho. Paris: Éditions Chandeigne, 2012. (Seleção de poemas, em edição bilíngue, com apoio do Ministério da Cultura, Fundação Biblioteca Nacional e Embaixada do Brasil na França)

TRADUÇÕES

The Headlong Heart. Tradução de Ellen Watson. Nova York: Livingston University Press, 1988.

The Alphabet in the Park. Tradução de Ellen Watson. Middletown: Wesleyan University Press, 1990. (Seleção de poemas)

El corazón disparado. Tradução de Cláudia Schwartz e Fernando Roy. Buenos Aires: Leviatan, 1994.

Bagaje. Tradução de José Francisco Navarro Huamán. Cidade do México: Universidad Iberoamericana, 2000.

Ex-voto: poems of Adélia Prado. Tradução de Ellen Watson. North Adams: Tupelo Press, 2013.

The mystical rose. Tradução de Ellen Watson. Hexham: Bloodaxe Books, 2014.

Este livro foi composto na tipografia Minion Pro,
em corpo 11,5/17, e impresso em
papel off-white no Sistema Cameron da
Divisão Gráfica da Distribuidora Record.